IMPRESSIONS

D'UN

INFORTUNÉ

OU

SON AME ÉCRITE

PAR

J.-G.-GENIÈS DE LANGLE

* * *

PREMIÈRE ÉDITION
Contenant dix sujets divers

* * *

POEME

* * *

PRIX : 1 fr. 25.

* * *

AGEN
IMPRIMERIE EMILE MAURY, PLAGE PAULIN, I.

—

1872

IMPRESSIONS

D'UN

INFORTUNÉ

OU

SON AME ÉCRITE

PAR

J. G. GENIÈS DE LANGLE

PREMIÈRE ÉDITION

Contenant dix sujets divers

> De même que l'abeille au prix de son ardeur,
> En allant chaque jour glaner de fleur en fleur,
> Produit ainsi le miel dont se remplit sa ruche,
> De même l'Etre humain, quand son esprit épluche,
> Peut produire son fruit avec quelque saveur,
> Cela, sans néanmoins en génie être riche :
> Comme aussi transformer, au prix de son labeur,
> En un terrain fertile une stérile friche.
>
> GENIÈS DE LANGLE.

AGEN

IMPRIMERIE EMILE MAURY, PLACE PAULIN, I.

1872

Ici, nos sens intérieurs
Avec nos sens extérieurs,
Tous à la fois du corps l'ornement ou les armes,
Partagent chaque jour leurs maux comme leurs charmes ;
Partagent leurs soucis ainsi que leurs douceurs
Comme au même foyer bons frères, bonnes sœurs.

G. De LANGLE.

AVIS

sur cette

PREMIÈRE ÉDITION.

Si mon écrit est monotone
Hélas ! que nul ne s'en étonne...
Peu suave est le fruit
D'un arbre qu'ont flétri les rigueurs de la brume,
Monotone est l'écrit
D'un auteur en souci que le malheur consume
Sous l'empire constant de son venin maudit.
Ici-bas de mon âme interprète fidèle,
Mon esprit révèle à ma main
Ce que mon âme sent... ce qui se passe en elle...
Et ma main griffonne soudain
Ce que mon esprit lui révèle,
Sur ce papier aussi pâle que frêle ;
Sur ce papier même encore indiscret,
Quand libre il peut, sans nul frein, sans tutelle,
Se livrer à tout vent qui caresse son aile
Pour aller divulguer, de moi, chaque secret...
Et ça, parfois à ceux pour qui ça n'a d'attrait,
Car, mon âme étant sombre à l'aspect des ténèbres
Que forment mille maux dont je me vois l'objet,

Hélas ! ma main n'écrit rien que choses funèbres.

Je ne suis point littérateur ;

Je suis encore moins poète ;

Je suis un simple rimailleur,

Voulant ainsi, d'une manière honnête,

De mes soucis adoucir la rigueur.

Et, lorsque je rimaille,

Pour peu qu cela vaille,

J'oublie alors un peu mes maux et l'univers

Et me console ainsi de mes soucis divers.

C'est donc, certes, je le répète,

Uniquement de mes revers

Que reçoivent le jour mes monotones vers,

Comme on dirait toujours, au bruit de la tempête...

Ainsi, n'ayant donc la faveur

D'être intime ami de la lyre,

Dès lors je dis avec ferveur

A ceux qui voudront bien me lire :

Au lieu de vous livrer à trop blessante humeur

En voyant de mes vers le trop peu de valeur,

Veuillez être indulgents sur cette consonnance,

Car, certes, la critique offre bien plus d'aisance

Au docte juge et même au vulgaire railleur

Que n'en offre la muse au pauvre rimailleur,

Pour toujours maintenir, ici, sa plume en danse,

Tout en lui conservant gracieuse cadence.

Oh ! certes, non, mes chers amis,

Non ! à si vigoureuse plume

Mes pauvres vers ne sont soumis ;

Car trop ma plume, hélas ! danse à travers la brume...

Cette brume orageuse au contact si maudit
Où tout fruit un peu vert à l'instant se flétrit...
      Celle qui sans cesse consume
      Quand d'abord elle ne détruit...
Aussi, mes chers lecteurs, soyez pleins d'indulgence
Pour rendre moins cruel l'effet de ces revers
Dont je suis trop victime aussi bien que mes vers...
Dans ce bien doux espoir, de cœur, merci d'avance.

                 GENIÈS DE LANGLE.

DÉPART

d'un

FILS UNIQUE DE VEUVE

FAIT SOLDAT EN 1872

—◦◦◦◦◦—

AVANT-PROPOS

Sur l'aride sommet d'une terre déserte
Que semblent, dirait-on, vouloir cacher les bois,
Et qui n'a jamais vu ni fleurs, ni d'herbe verte,
Car, pâtres et troupeaux sont là comme aux abois,
Existe un noir logis construit en pan de bois,
Qui ne reçoit le jour que par la porte ouverte...
Si noir est son aspect, qu'il en attriste l'œil...
Surtout lors des frimats, quand tout semble être en deuil..

    Alors que la nature,

    Veuve de sa verdure

    Comme de ses vertus,

    Car le pâtre murmure

    Dans sa vieille masure,

    Et les arbres sont nus,

    Hélas ! bien languissante

    De se voir impuissante

A donner aux humains des parfums, des zéphirs ,
    Aux oiseaux, d'égayants feuillages,
    A troupeaux, de frais paturages,
Hélas ! semble étouffer de bien cruels soupirs...
        Paisiblement, naguère,
         Vivaient, dans ce logis,
         Une veuve et son fils
          Que vint troubler la guerre...
    Car un décret pressant, impérieux,
    Frappant le riche et le nécessiteux,
Venait déjà briser, d'un ton bref et sévère,
Une loi protectrice envers la veuve-mère...
    Et ce coup les frappant tous deux,
    Tous deux se virent malheureux....
Car cette pauvre veuve, encore inconsolable
    Depuis que le Ciel, en courroux,
    Vint la priver de son époux, .
Noyait à chaque instant son œil intarissable,
    Qu'aurait séché ce fils bien doux,
S'il n'eût fallu quitter cette pauvre chaumière.
Pour marcher sans retard où grondait le canon...
Où les fossés des champs servent de cimetière,
Où, souvent, bois ou rocs sont l'unique maison.
    Voilà comment cette mère chétive
Dut, un malheureux jour, pleins de larmes ses yeux,
De son bien-aimé fils entendre les adieux,
    Et, misérable, ainsi que maladive,
Rester seule à pleurer dans ce sinistre lieu,
N'ayant pour tout soutien que son espoir en Dieu.
Et ce bon fils aussi, plein de douleur amère,

Hélas ! dut rester sourd aux soupirs de sa mère
Et, sac au dos, marcher droit à nos ennemis,
Tandis qu'à son oreille, alors bien attentive,

      Venait l'écho des cris
      D'une mère plaintive,

Entrevoyant la mort pour elle et pour son fils....
Mais lui dut s'éloigner, l'âme déjà meurtrie !
Car, étaient plus puissants les cris de la patrie,
Dont l'ennemi faisait de tout sanglants débris....

LES CONDOLÉANCES ET LES ADIEUX.

LE FILS.

Allons, ma pauvre mère, arme-toi de courage
Pour supporter encore une épreuve du ciel ;
Car le sort te prépare un autre amer breuvage,
Comme s'il se plaisait à te nourrir de fiel.
C'en est donc fait de nous, ici, ma pauvre mère !
Malgré tes pleurs amers et tes nombreux soupirs,
Depuis ce jour fatal où tu perdis mon père,
Dont te frappent toujours les cruels souvenirs,
Sur toi le destin semble assouvir sa colère,
En te privant d'un fils qui, seul, dans ta misère,
Pouvait calmer tes maux, qui vont, hélas ! grandir !
Car, voici déjà l'heure où je dois obéir
A ce décret qui dit, d'un ton bref et sévère :
Enfant, sers ta patrie ! après elle ta mère...
Dans ce moment suprême où notre sang rougit,
Au gré de l'ennemi, le sol qui te nourrit,
Sans perdre un seul instant, quitte cette chaumière,
Afin d'aller chasser, loin de notre frontière,
Ce féroce ennemi ! ce Prussien maudit !

LA MÈRE.

Que dis-tu là !... mon fils !... cela ne peut se faire !...
Fils unique de veuve ! et partir pour la guerre !...

Mon fils ! c'est impossible ! et ce n'est qu'un faux bruit,
Car on soulèverait dès lors la France entière !...

LE FILS.

Pauvre mère ! voilà ce qu'en deux mots prescrit
Cette voix si puissante et même presque altière
Dont l'écho, brusquement, jusqu'ici retentit
Pour m'arracher ainsi du chevet de ton lit !
Et malgré mes regrets et ma douleur amère,
Etouffer dans mon cœur mon amour pour ma mère !
Car, hélas ! beaucoup trop cette voix me le dit,
Qu'ici, vivre pour toi, je ne dois plus le faire...

LA MÈRE.

Tu me brises le cœur par ces propos, mon fils !...
Cesse.... si tu n'es sûr de ce que tu me dis...

LE FILS.

Ce n'est que trop certain !... même il faudra se taire !...
A mon cœur, c'est bien sûr, ma patrie est bien chère !
Et quand je vois ainsi ce féroce étranger
La fouler sous les pieds, pour venir égorger
Ces malheureux enfants de notre noble France,
Entre patrie et mère alors mon cœur balance,
Et je voudrais pouvoir en deux me partager
Pour combattre à la fois ta cruelle souffrance,
Et puis nos ennemis, pour notre délivrance.....

LA MÈRE, en pleurs.

Ah ! mon bien cher enfant ! te voir quitter ces lieux
Pour aller t'exposer à cet affreux carnage
Où s'abreuve de sang ce Guillaume odieux
Qui porte dans nos cœurs cet horrible ravage !
Ah ! mon fils ! quel malheur ! qu'ai-je donc fait à Dieu
Pour me forcer de faire un éternel adieu
A mon unique enfant, comme je fis naguère,
A mon bien cher époux ! à ton bien-aimé père ?...
Hélas ! combien mon sort va devenir affreux
Quand vainement mon œil vous cherchera tous deux...

LE FILS.

Ne pleure pas, ma mère !
Pourquoi ce désespoir ?
A cela je préfère
Un sourire d'espoir
De bientôt nous revoir,
Ainsi que je l'espère,
Aussitôt que la France aura pu se venger
De l'affront que lui fait aujourd'hui l'étranger
Qui, sur le Rhin, souille notre frontière ,
Qui, sans pudeur, brave notre bannière.

LA MÈRE.

Me consoler et ne t'avoir,
Mon fils, ce n'est en mon pouvoir !...
Après avoir perdu ton père,
Je ne puis vivre sans te voir...

LE FILS.

Je te quitte à regret, ma mère !
Mais, hélas ! il le faut. Qu'y faire ?
Ni mon chagrin, ni mon amour pour toi
Joints même à tes pleurs, ta prière,
Ne changeraient cette suprême loi
Qui vient jusque dans ta chaumière
Briser ton cœur en te privant de moi.

LA MÈRE.

Ah ! mon fils, si la loi ne veut rien nous permettre
A ce malheureux sort je vais donc me soumettre...
Mais je comprends qu'ici pour moi tout va finir...
Car je préférerais mille fois cesser d'être
Que de me trouver seule en ce lieu si champêtre
Où semblera le monde ainsi s'anéantir...
Où pour sécher mes pleurs, soulager ma misère,
De tout ce que j'avais de plus cher sur la terre
Hélas ! je n'aurai plus qu'un cruel souvenir...

LE FILS.

Malgré ta douleur bien amère
Dont l'écho, dans mon cœur, fera mon désespoir,
Console-toi, ma pauvre mère ;
Ne devrions-nous jamais ici-bas nous revoir,
En attendant qu'arrive l'heure
Où le ciel sera ta demeure...
Demeure où tes soupirs à jamais seront doux !
Demeure où tu verras ton fils et ton époux !...

LA MÈRE.

Oui, mon enfant, ce bonheur, je l'espère!
Et ce doux vœu Dieu voudra le bénir,
Puisque tu veux en bon chrétien mourir,
Comme mourut aussi ton pauvre père!...
Et cet espoir sera
Ce qui me soutiendra
S'il me faut, dans ce lieu, souffrir, vivre et me ta're!..
S'il me faut dans ce lieu supporter à la fois
Mille cruels tonrments, mille cruels effrois...

LE FILS.

Allons, ma pauvre mère! armons-nous de courage!...
Ne désespérons point de nous revoir plus tard,
Hélas! moins malheureux dans ce même parage!
Mais, voici l'heure du départ,
Il faut que je te quitte!...
Et même, pour n'être en retard,
Il me faut marcher vite...

LA MÈRE.

Ah! mon fils, puisqu'il faut que je te dise adieu,
Et rester seule ici dans ce sinistre lieu
A laver de mes pleurs cette terre maudite!
Pour qu'envers nous le ciel plus longtemps ne s'irrite,
De grâce, mon cher fils, prie aussi le bon Dieu...

LE FILS, embrassant sa mère,

Adieu donc, pauvre mère! et que Diue te soutienne...

LA MÈRE, embrassant son fils.

Adieu, mon fils ! adieu ! le bon Dieu te ramène...
    Et s'il ne veut te laisser revenir,
    Et trop, je crains, ce sinistre avenir !
Qu'il fasse que ton âme à jamais soit chrétienne...
Peut-être cet espoir, même quoiqu'il advienne,
Pourra-t-il être ici ma consolation.
Que Dieu t'accorde donc sa bénédiction
Comme de tout mon cœur je t'accorde la mienne.

LE FILS.

Merci, ma bonne mère ! et toi, reçois d'un fils
Qui t'aime, hélas ! autant qu'il te plaint, te regrette,
Et les vœux et l'amour ! sujet de ses soucis
Lorsque trop loin de toi, dans ce sort qui s'apprête,
      Pensant à ton malheur,
      Son bien malheureux cœur
Devra toujours nourrir cette douleur secrète...
    Mais ne désespérons de rien ;
    Et que Dieu t'accorde le bien
Que du fond de son cœur toujours ton fils souhaite.
Adieu, mère ! il me faut vite quitter ce lieu,
    Car l'heure déjà presse...

LA MÈRE.

    Adieu, mon fils ! adieu !...
Viens !... qu'une fois de plus sur mon cœur je te presse !...

APRÈS LE DÉPART

RÉFLEXIONS DE LA MÈRE SEULE

Hélas! encore un cruel souvenir!...
Ah! pauvre enfant! que vas-tu devenir?...
Qui sait quel sort fatal ce fléau te réserve?...
Mais, hélas! beaucoup trop je peux le pressentir :
C'est de te rendre infirme ou de t'anéantir...
Que ta bonté, grand Dieu, de ce sort le préserve!
Ou bien, plutôt, de grâce, étouffe mes soupirs!...
Je t'en supplie encore, exauce mes désirs...
Si je ne dois avoir pour bâton de vieillesse
Qu'un sinistre chagrin, que bien noire détresse,
Sous le terrible poids d'un malheur si navrant,
Permets que je ne sois ici-bas que néant...
A présent, seule ici, dans ma noire chaumière
Où mon esprit ne voit que morts ou cimetière,
Qu'un sinistre abandon, qu'images de cercueil!
Pour ne plus voir sortir tant de pleurs de mon œil,
Fais donc que, pour toujours, se ferme ma paupière,
Pour que mon corps bientôt ne soit plus que poussière.

2

Et toi, mon cher époux,

De ton séjour céleste,

Si ton regard si doux

Peut voir mon sort funeste,

En priant Dieu pour moi

Rapproche-moi de toi,

Car, ici-bas, maintenant ne me reste

Qu'un sort fatal qui me remplit d'effroi !

De ton séjour sublime

Si tu vois notre enfant

Devenir la victime

Du Germain triomphant,

Fais que le Seigneur lui pardonne

Les péchés qu'il aura commis

Et qu'au séjour céleste une place il lui donne,

Pour un jour mettre un frein à mes cruels soucis,

Nous revoyant tous trois heureux et réunis.

APRÈS LE DEPART

RÉFLEXIONS DU FILS SEUL.

Ah! quel affreux malheur frappe ma pauvre mère,
Déjà frappée au cœur par la mort de mon père...
 Ici j'étais son unique soutien ;
 Ne m'ayant plus, il ne lui reste rien...
  Mais à ce mal que puis-je faire ?
 Ce que je puis, hélas ! je le vois bien,
 Verser des pleurs, et puis me taire,..
  Car il me faut partir soudain...
  La loi qui le veut est formelle...
  Même voilà l'heure du train
  Qui, sans plus tarder qu'à demain,
  De son puissant vol d'hirondelle,
Comme s'il eût fendu, d'un trait, l'air de son aile,
M'aura déjà conduit, de çà, j'en suis certain,
  Loin... et même, hélas! bien loin d'elle...
C'est un coup tout mortel porté dans ce doux sein !
Bientôt son agonie, et puis, bientôt sa fin...
Et là, maintenant seule en ce lieu solitaire,
En proie aux noirs soucis ainsi qu'à la misère,
  Peut-être elle mourra de faim,
  Et dire qu'aux cris de ma mère,

Hélas ! je ne pourrai, malgré mon noir chagrin,
Lui donner nul d'espoir, ni même un peu de pain...
       Encore... à son heure dernière,
       Pendant que sa lourde paupière
Ici-bas, pour toujours, alors se fermera,
Peut-être même, hélas ! elle tâtonnera,
       Cette pure et noble chrétienne,
       Pour tâcher de trouver ma main
       Voulant la presser dans la sienne,
       Et mourir, l'ayant sur son sein,
       Mais, ça sera toujours en vain
       Que sa main cherchera la mienne...
       Et tandis qu'à mon tour,
       Dans ma douleur amère,
Aussi, j'étoufferai le feu de mon amour,
En pensant, de si loin, aux soupirs de ma mère,
Auxquels il me faudra sans cesse rester sourd,
D'une voix suppliante et même presque éteinte,
Sortant d'un tiède corps qui presque râlera,
Peut-être même encore elle m'appellera...
       Mais, seule, dans sa noire enceinte
       Où nul être ne l'entendra,
       Jamais rien ne lui répondra...
       Dès lors, par ce supplice étreinte,
       Pour aller au ciel sortira
       D'un corps chétif une âme sainte...
Et si le sort permet que je puisse revoir
Ce sinistre logis à l'aspect funéraire
Qui l'aura vue ainsi livrée au désespoir
       Ainsi qu'à la misère,

Quand, rentré, mais trop tard, dans ee sinistre lieu,
　　　　J'y chercherai ma mère !
Là, tout viendra me dire : ainsi l'a voulu Dieu,
Depuis que, pour toujours, s'est close sa paupière,
Nous ne la voyons plus... elle est au cimetière.......
Et moi, toujours brûlant du désir de la voir,
　　　　De ce désir ne pouvant me défendre,
Même en ce lieu j'irai, mu par le désespoir...
　　　　Mais ne pouvant ni la voir ni l'entendre,
J'irai verser des pleurs dans ce sombre logis
Où le cœur de ma mère, hélas ! si doux, si tendre,
Aura cruellement, pour moi, battu jadis !
Où les yeux de ma mère auront pleuré son fils........

BALLON MESSAGER

VU EN PROVINCE

pendant le

SIÈGE DE PARIS EN 1870

Salut ! ô toi, fugitive nacelle !
Calme ici les soupçons qui causent ta frayeur,
Car cet air de nous fuir attriste notre cœur...
    Sans crainte donc vers nous guide ton aile.
Conduis sur notre sol ce messager captif
Qui poursuit avec toi cette route incertaine ;
Ici tu trouveras, pour toi, bien vaste plaine,
Pour lui de vrais amis au cœur déjà plaintif...
Chez nous, nul ennemi, nulle vague fumante
Ne pouvant menacer ni troubler ta descente ,
    Vite dis-nous si Paris n'a pas faim...
    Si là chacun trouve encore du pain...
Ralentis donc ton vol, rends ta course plus lente,
        O bienfaiteur aérien !
Ne sois pas, pour notre œil, comme étoile filante
        Qui passe vite et ne dit rien...
    Qu'un pur souffle divin te guide,

Vers toi se tend notre loyale main ;
Viens donc sécher notre œil humide !
Que notre cœur n'attende pas en vain...
Vite dis-nous si la ville élégante
　　Du courageux Parisien
Reste toujours superbe et triomphante
　　A l'insulte du Prussien.
Vite détruis en nous mille craintes poignantes
Nous faisant voir Paris, ses entrailles fumantes...
Détruis dans notre esprit tout craintif à ce jeu,
De ces monstres sans poils, tant de gueules béantes
Vomissant sur Paris et le fer et le feu.
Dis qu'on ne couvre ni les monts ni la plaine.,
　　De sang et de débris humains !
　　Et que ces vandales Germains
Ne se nourrissent plus de notre chair humaine...
Dis-nous que ce vainqueur, altier, fourbe et puissant,
Ne pourra nous couvrir de criminelles chaînes
Pour, de la France alors, ouvrir les quatre veines,
Voulant rendre à son gré ce coup d'œil ravissant...
　　Fends donc les airs qui nous séparent
　　D'un précis et rapide vol ;
Des fêtes en ce lieu nos filles te préparent,
Sans les faire languir viens donc sur notre sol...
Elles ont déjà fait, de leur main virginale,
Une riche couronne à l'honneur de Paris ;
Si le vent te ramène à notre capitale,
Tu la couronneras, elle, ou bien ses débris...
　　Sans crainte, donc vers ce lieu, guide l'aile
　　De ta lointaine et fragile nacelle...

Des vœux du cœur saignant de notre France en deui'
Viens en cueillir, ici, cette pure parcelle ;
Nos filles, en pleurant, te le disent de l'œil,
Car les remplit d'effroi cet immense cercueil...
Craintives elles sont comme ici nos colombes
Quand un oiseau de proie elles voient dans les airs !
Rassure-les ! Dis-leur que les obus, les bombes,
Ont cessé de broyer chez nous les os, les chairs,
Et fini de creuser de bien cruelles tombes
Sous les pas de tous ceux qui leur sont restés chers...
Si le vent qui te guide est plus fort que tes ailes
Et te défende ainsi de venir auprès d'elles,
Afin que leurs soucis ne durent plus longtemps,
Du haut des airs dis-leur qu'à ce prochain printemps,
Comme doux tourtereau, près de la tourterelle,
Sera notre soldat près de la pastourelle.

PAROLES

sur une

BELLE MATINÉE D'ÉTÉ

Comme par la vertu d'un bienveillant sourire
A la terre adressé par le Céleste Empire
Pour elle plein de grâce et puis de bonne humeur,
  Déjà dès l'aurore naissante,
La nature à son tour semble être ravissante
  Et d'une divine splendeur.
A ce superbe aspect, ce grandiose ensemble,
  Le créateur même ce semble,
Comme s'il désirait émouvoir notre cœur,
  Et rendre notre âme plus pure,
  Se révèle à la créature.
L'horizon est vermeil, pourtant naguère obscur.
A la terre le ciel montre son front d'azur.
La terre montre au ciel sa robe de verdure,
Et la brise en silence envoie un souffle pur.
Et puis, lorsqu'aux sommets, plus gais sous sa dorure,
  Un superbe soleil
  Montre son front vermeil,
Tout ce que la nature enfante

Semble au comble du bonheur !
être

Même on dirait rivaliser d'ardeur
Pour saluer la marche triomphante
De l'astre-roi, des ténèbres vainqueur.
Alors de toutes parts l'oiseau gazouille ou chante.

  Et, comme pour chanter en chœur,
La cigale oubliant de la nuit la fraîcheur,
Mêle à ce doux concert sa voix aigre et perçante.
Partout le papillon vole de fleur en fleur,
Même en tous sens folâtre, et sans qu'il s'oriente.
Et la fleur à son tour, on dirait souriante,
Semble avec grâce offrir son baume bienfaiteur.
Partout, bien que plus sage ainsi que moins errante
  Que le papillon voltigeur,
  L'abeille, au profit de sa rente,
Ce baume va cueillir avec nouvelle ardeur.
Gaiement, de toutes parts, la créature humaine,
  A l'aspect de riches moissons,
  En chœur, chantant mille chansons,
Des échos de sa voix fait retentir la plaine
  Ainsi que les vallons,
Tandis que de sa main, que la cadence entraîne,
Elle guide la faux, sans crainte ni sans gêne,
  Sur nos dorés sillons.
Viennent s'unir encore à fête si charmante,
Aux concerts des humains, aux concerts des oiseaux,
  Le doux murmure des ruisseaux,
  Et les monotones échos
Des cours aux flots émus, à la vague fumante.
C'est ainsi que le ciel, dans cette douce humeur,

Comme tout ce qu'enfante ici-bas la nature,
Semble alors être fier d'être la créature,
Et même l'on dirait rivaliser d'ardeur
Pour montrer son éclat au divin créateur.
Alors de l'être humain les poumons se dilatent ;
    Ses yeux, que ces merveilles flattent,
Suivent dans tous les sens, d'un regard scrutateur,
    Ce spectacle révélateur.
    Et même son esprit qui sonde
    La frontière de l'équateur,
Pendant que son œil voit les merveilles du monde,
Des régions du ciel atteignant la hauteur,
De ces merveilles cherche à contempler l'auteur.

UN JOUR DE SÉPULTURE

Vos parents, vos amis, en pleurant vous conduisent.
À la sombre terre des morts
Où les frivolités hélas ! s'anéantissent,
Mais non peut-être les remords....

G. DE LANGLE.

Quand parfois à l'écho d'un avis du destin
Que de sa voix plaintive une cloche révèle
En disant que n'est plus un jeune et bon voisin
Qu'un sinistre malheur vient d'immoler soudain,
J'observe avec douleur ce que ce sort rappelle,
C'est-à-dire combien notre existence est frêle,
Sinistrement dès lors se resserre mon cœur
En voyant qu'ici-bas est bien vain le bonheur.
Et même encore, hélas ! plus fort il se resserre,
  Lorsqu'au lendemain de ce bruit
  Vient se montrer à mon esprit
Ce creux où ce voisin sera couvert de terre...
Cette fosse où bientôt, même d'un air railleur
Hélas ! va l'enfouir un rude fossoyeur
Sans réserve agitant sa sépulcrale pelle...
En ce jour où ce semble au malheur tout se mêle...

Surtout quand la nature aussi semble être en deuil...
Lorsque dès le matin le ciel est déjà sombre
Et projette sur terre une sépulcrale ombre
Rendant ainsi plus noir l'aspect de ce cercueil...
Aussi, combien est triste alors close à toute heure
      Cette funéraire demeure
      Où, lugubrement, sur le seuil,
Un long drap noir tendu dit que c'est là qu'on pleure...
Et plus sinistre encore apparaît ce logis
Ayant dès le matin toutes fenêtres closes,
Lorsque, de noir vêtus, viennent parents, amis,
On dirait tous muets... même comme engourdis,
Ne disant jamais rien... ou, bas, de tristes choses...
Et peu de temps après, au bruit plaintif des cloches,
D'abord aux noirs rideaux ayant franges d'argent,
Un lugubre convoi conduit jusqu'à l'entrée
Par noirs chevaux dressés à marcher d'un pas lent,
Que guide un postillon à la noire livrée...
      Et puis, enfin, au même instant,
      Paré d'une sinistre mise,
      Un austère et froid desservant
      Ayant blanche et courte chemise
      Sur un noir et long vêtement ;
      Et que devance gravement
      Un humble serviteur d'église
        Tenant sinistrement
        Longue croix argentée
        Sans cesse en l'air portée...
Et même cet aspect devient-il plus poignant !
Lorsqu'aussitôt la croix et le prêtre en avant,

Vers la terre des morts tour à tour s'acheminent,
Entourant ce convoi d'un aspect si navrant,
Parents... amis... en proie aux regrets qui les minent !
Et bien d'autres aussi qui vers ce lieu cheminent...
Le prêtre, en entonnant sur un lugubre ton,

      Pour le mort, la prière,
      A l'effet du pardon

Que pour nous il demande à notre heure dernière ;

      Certains en sanglotant !...
      Le reste en s'attristant...

Tous, bien émus, en pensant qu'à cette heure,
En un bien sombre et bien sinistre lieu
S'ouvre déjà pour lui l'éternelle demeure
Où, dans quelques instants, un éternel adieu
Oppressera des cœurs qui de douleur se meurent !
Inondera de pleurs des yeux qui déjà pleurent !...
Et plus terrible encore est ce dernier moment,
Pour tous plein de frayeur et de saisissement,
Où se montre à leurs yeux sa tombe... alors béante...

      Et qu'après un lugubre instant
      D'une silencieuse attente,
      Ils entendent en frissonnant

Ce craquement lugubre et même déchirant
Que produit ce cercueil y faisant sa descente...

      Et dès lors c'en est fait...

Cet ami, ce parent qui vient de disparaître

      Pour un monde secret,

A votre œil, pour toujours, il se trouve soustrait !...
Même vous ne pouvez, hélas ! son sort connaître !...
Seul... ici, votre esprit, plus puissant que votre œil,

Dissipant malgré tout l'ombre de son cercueil,
Peut encore, en dépit des lois de la lumière,
Contempler son image à travers le néant...
Car, du néant il vient de franchir la frontière
Pour tomber à jamais, dans ce gouffre béant
Du nom d'éternité... devant lequel les larmes
Pour qui les verse, hélas ! ne sont que vaines armes...
Et dès lors, en tous lieux, où tout vous paraît noir,

  C'est en vain que pour le revoir
  Votre œil fatigue sa paupière !...
   Et chez vous, soit palais,
   Soit mesquine chaumière ;
   Que vous soyez valets
   Ou de race princière ;
  Pour calmer un peu les progrès
  De cette douleur meurtrière

Qui brise votre cœur et bannit vos plaisirs,
Il ne vous reste plus que larmes et soupirs !...
Et ce lugubre mal en tous lieux vous dévore !

  Car celui qui vient de partir,
  Et ça pour ne plus revenir,

C'est ainsi que le veut celui que tout adore,
Si vous l'aimiez de cœur, lorsqu'on vint le ravir,

  Hélas ! rien qu'à son souvenir

Que vient vous rappeler chaque nouvelle aurore,

   Emu ! vous le plaignez !
   Emu ! vous le pleurez !

Car, malgré vous, il faut que vous l'aimiez encore.....

L'heure du trépas.

A peine ici vient-on de naître,
Qu'on envie honneurs et plaisirs,
Qu'on fait un Dieu de son bien-être.
Ce sont de cruels souvenirs
Lorsqu'au mépris de vos soupirs,
La mort vers vous s'avance en maître
Et dit : Allons ! chétif mortel !
A ma loi tu vas te soumettre....
Et comme cet ordre est formel,
Je ne saurais rien te permettre...

G. DE LANGLE.

Au mépris de l'orgueil, au mépris des grandeurs,

Du sort humain voilà les cruelles rigueurs,

Quand victime d'un mal que rien n'a pu détruire,

Vous sentez s'aggraver le danger qu'il inspire...

Alors que votre esprit devient sombre et craintif,

Et le cœur palpitant de se voir tout captif

Du grand mal qui l'étreint, du peu d'air qu'il respire,

Ou des regrets amers qui le rendent plaintif!...

Quand le corps sous ce mal, qui des maux est le pire,

Chancelle et puis fléchit sous son cruel empire...

Et qu'ainsi prisonnier dans un gîte fumant

D'où s'exhale une odeur repoussante et fétide,

Il se débat en vain... puis s'éteint lentement

Dans un lieu qu'il rend triste... un sombre appartement

Où viennent des amis, oppressés, l'œil humide,

Pour un dernier adieu dire à l'agonisant,

Qui, ne pouvant parler, quoiqu'il en soit avide,

Son air toujours plaintif, et son œil en pleurant,

Viennent leur dire ainsi que son malheur est grand...

Quand le visage est pâle, osseux, ridé, livide...
Le regard effrayé, même à travers le vide,
Oè semblent se montrer des spectres menaçants !...
La bouche desséchée, où se crissent les dents...
L'oreille frémissante et toujours attentive
Aux plus timides pas, aux plus faibles accents...
Plus frémissante encore à la voix bien plaintive
D'une cloche qui dit aux amis du mourant
Qu'en ce monde pour lui la dernière heure arrive
Et qu'en silence il faut prier pour l'expirant...
Quand le corps est inerte et la langue muette...
Quand l'esprit reste seul, dans sa lutte secrète,
A se débattre en vain contre un sinistre sort,...
Et, que tout impuissant, l'on voit venir la mort,
Guidant vers vous ses pas d'un air sombre et sévère,
Pour, de ses bras chétifs, où paraît chaque artère,
Enlacer sans retour votre immobile corps,
Déjà presque soumis aux sombres lois des morts...
Quand vient ce jour lugubre où l'on voit une tombe
Hardiment se dresser sous vos yeux, sous vos pas,
Et, comme pour flairer vos malheureux appats,
Ouvrir d'avides flancs, même avant qu'on succombe,
Et, que votre regard, surpris ! se perd... puis tombe
Sur des parents en pleurs groupés à votre entour...
Vous demandant parfois, un geste, une parole !
Mais chez vous un silence, hélas ! qui les désole,
A leur dolente voix forcé de rester sourd...
Et même alors comme eux, voulant verser des larmes !
Mais votre œil desséché ne possédant ces armes,
Plus rien pour soulager !... tout s'éteint sans retour...

En voyant cet affreux et bien sinistre drame
Où tout semble servir un complot qui se trame !..
Quand tout semble à vos yeux disparaître ou s'enfuir...
Jusqu'à vos chers amis, vos proches parents même,
Qui semblent se cacher comme pour vous trahir,
Tout en se dérobant, dans ce moment suprême,
A vos derniers efforts ! votre dernier soupir !
Et qu'en face de vous, debout, se trouve un prêtre
Vous disant que bientôt vous allez comparaître
Devant le tribunal de l'éternel séjour,
Où vous serez jugé peut-être sans retour...
Hélas ! dans ce moment, doit passer dans votre âme,
En voyant que pour vous ici tout va finir,
A l'honnête chrétien, doux et brûlant désir !
A l'impie, effrayé, bien vive et rude lame !..
Mu par un doux espoir, si ce n'est par la peur,
Déjà tout éblouit ou remplit de frayeur !..
Ou votre âme se mire aux vifs rayons célestes,
Ou l'esprit se consume à des craintes funestes...
Ou la mort apparaît comme un spectre effrayant,
Ou bien pour vous elle est mirage éblouissant !
Ou votre esprit présage un séjour pur qui charme,
Ou ce lieu de supplice, affreux par son vacarme,
Où sont les malheureux condamnés aux tourments,
Poussant d'horribles cris, d'affreux gémissements !...
Hélas ! de notre fin, voilà les conséquences :
Donnant bien doux espoir au candide mourant,
Tandis qu'à l'homme impie ou trop indifférent
Elles semblent promettre éternelles souffrances !..
　　　Grand Dieu ! cette cruelle fin

L'aurais-tu réservée à cette créature,
Enfant de ton souffle divin ?...
Ne te venge donc pas, grand Dieu ! je t'en conjure !...
Touché de nos regrets, fais donc qu'à tes regards
Cache ton divin diadème,
Ce qui peut détourner tes précieux égards
Et rendre ta colère extrême...
Rebut de ton amour, même de ton mépris,
Cache donc cet enfer, renonce à ta vengeance
Pour les cruels défauts dont nous sommes pétris ;
Et cesse de montrer l'éternelle existence
Comme un gouffre terrible et tout plein de souffrance,
Où seraient les enfants, poussant d'horribles cris !
Plutôt, par un effet de ta douce clémence,
Laisse-nous admirer l'éclat de tes splendeurs
D'où semblent provenir d'astres révélateurs,
Montrant à l'univers cette légère trace
Des sublimes rayons de ta divine face...
Demande grâce au ciel pour nous aussi, Seigneur !
Souviens-toi, mais surtout à notre dernière heure,
Qu'autrefois tu promis d'être un grand rédempteur,
Voulant donner à tous la céleste demeure...
Ne sois donc jamais sourd aux suppliantes voix
Te priant de venir dissiper nos effrois !...
Que la rude couronne à toi mise au Calvaire,
Et cette plaie affreuse à ton sein sur la croix
Rendent Dieu pour nous tous plus calme et moins sévère !
Que le fer qui servit à clouer tes deux mains
Au sinistre poteau dressé par les humains
Fasse que pour nous tous disparaissent ces flammes

Où voudrait nous pousser, de son rouge trident,
Ce féroce ennemi de nos fragiles âmes
Qu'on appelle ici-bas Satan,
Et qui, caché dans le néant,
Trame et puis accomplit tous ses complots infâmes !...
Plutôt, par un doux trait de ton ancien amour
Qui, pour nous, ton pur sang fit couler au Calvaire,
Calmant le bras vengeur de notre éternel père,
Pour tous, grand rédempteur, gagne donc sans retour
Le bien que tu promis, le céleste séjour...

PAROLES

d'un

MENDIANT SANS ABRI.

Lorsque parfois, à mon plaintif réveil,
Tout en me redressant sur ma couche bien dure,
Où, seule, ma besace est là, ma couverture,
Je vois surgir un superbe soleil
Et la terre gaiement, sous sa riche parure
Lui présenter ses fleurs, sa robe de verdure,
Et puis ses fruits dorés, comme aussi ses fruits verts,
Je sens alors mon œil vaincre ses pleurs amers ,
Je sens aussi mon cœur palpiter sans torture.
Mais quand bientôt la faim rappelle mes revers,

Pour moi se renouvelle une sépulcrale ombre,
Ne voyant plus ce semble, à travers l'univers,
Qu'un sinistre nuage aux menaçants éclairs,
Venant me rendre ainsi tout craintif et bien sombre,
Comme si le destin, malgré mes maux sans nombre,
Cherchait à rendre affreux le lourd poids de mes fers,
En me montrant toujours l'image des enfers...

    Et là, de cette même place
    Où j'admirais dès le matin,
    Avant cette noire menace,
    L'éclat de ce flambeau divin,
Qui semblait dissiper tous mes rèves funèbres
En dégageant mon œil de l'aspect des ténèbres,
Et même ainsi promettre un jour pur, sans venin,
Hélas ! bientôt je pars, sur le cou ma besace,
Pour aller, tout confus, au loin tendre la main,
Pour n'obtenir parfois, au lieu d'un peu de pain,
Qu'un tout brusque refus ou bien froide grimace...
Et, tandis que je brûle à des rayons de feu,
    Qui viennent me noircir la face,
    Hélas ! j'ai mon cœur qui me glace
En songeant que jamais, pour oublier un peu
De mon sinistre sort la bien cruelle trace,
Ici-bas je n'aurai de terre un seul lambeau
Pour, en torchis, bâtir, de chaumière un morceau,
Où je puisse abriter une fois par semaine
Mon humide paupière et le fruit de ma peine...

    C'est ainsi que bien malheureux !
    Par tous les temps, sur cette terre,
    Chaque jour péniblement j'erre...

N'ayant parfois qu'un sol pierreux
Pour prendre un repos salutaire
Et rendre un peu plus vigoureux
Le peu de sang de mon artère;
En attendant que veuille un ciel moins orageux,
Que mon âme chez lui ravive son haleine. .
Alors qu'au doux contact de ce bienfait des cieux,
Je n'irai plus errer sur chemins raboteux,
Chaque matin trouvant, sans prendre nulle peine,
Un suave breuvage et ma besace pleine.
Alors que ne viendront certes, comme à présent,
Ni les sombres frimas; ni le chaud ni le vent,
Injurier mon corps à travers ma guenille...
Ou que, pour me soustraire à des rayons brûlants
Qui me cuisent parfois, en rendant mes pas lents,
Certes, je n'envierai du riche la charmille,
Car j'aurai doux climat en céleste famille...
Alors que pour traîner, faible, las et cassé,
Mon corps déjà vieilli, même dès son jeûne âge,
N'ayant eu bien souvent pour son lit qu'un fossé,
Je n'envierai non plus du riche l'équipage;
Car au ciel j'aurai rang d'illustre personnage,
Ayant à mes côtés parfois,
Même au tout souriant visage,
D'anciens humbles seigneurs ou d'anciens humbles rois,
N'ayant dans leurs palais, jadis, eu vain mirage.
Ni pour me reposer comme lui, tous les jours,
Je n'envierai son siége au cramoisi velours,
Ni son lit à balance où mollement il couche;
Ni même la batiste aux précieux tissus

Dont sans nulle gêne il se mouche...
Ni d'un beau drap le pardessus
Dont, pendant les frimas, doublement il s'habille,
Même encore au foyer quand son grand feu pétille.
Non ! non ! je n'envierai du superbe richard,
Pour le pauvre, invisible, ou tiède à son égard,
Ni les perdreaux ni la sarcelle ,
Ni les gâteaux ni le nectar...
Je n'envierai pas même, au caressant regard,
L'épouse jeune et belle ;
Couverte de bijoux, ainsi que de brocard,
Et même de dentelle.
Non ! malgré tout, certes, je ne l'envierai, car,
Sa fragile beauté, souvent, n'est que du fard,
Et même là-dessous, parfois, elle est cruelle.
Tandis que pour un peu plus tard
Je vois l'éternelle hyménée !....
Lorsque mon âme, enfin, n'étant plus condamnée
A supporter ici ce breuvage de fiel,
Dès l'heure de sa délivrance,
Aura pour prix de sa souffrance,
L'éternelle lune de miel.....

UNE
VISITE AU CIMETIÈRE
DU FIANCÉ
DE LA
PAUVRE ADÈLE MORTE

De mon Adèle, hélas ! m'a donc privé le ciel !..
A peine avais-je encore aperçu ses doux charmes,
Qu'il m'a fallu verser à flots d'amères larmes
Et venir boire, hélas ! pour ma lune de miel,
Dans ce noir cimetière un breuvage de fiel.....

Vous donc qui de ce lieu formez ainsi l'escorte,
       Impassibles remparts !..
       Faites qu'à mes regards
S'ouvre à ce même instant votre inflexible porte,
Car je languis si loin de mon Adèle morte.....

Laissez-moi voir sa tombe... où je mis une croix....
       Ah ! grand Dieu !.. je la vois !....
       M'y voilà !... c'est bien elle !...
Hélas ! c'est là-dessous que gît ma pauvre Adèle.....
Ah ! Dieu ! si je pouvais entendre un peu sa voix !....

O toi, cruelle, et pourtant chère tombe,
       Dont je voudrais fouiller le sein,
Laisse-moi voir avant que je succombe
Celle pour qui, dans le mal qui m'étreint,
       A genoux devant toi je tombe.....

Et toi qui, sans pitié, presses ainsi ses flancs,
       Lourde terre, ainsi meurtrière !

Ne sois point sourde à ma prière :
Ne froisses pas autant ses cheveux ondulants !..
Aussi, de ses beaux yeux, épargne la paupière.....

Et toi, noire et sinistre croix !
Qui d'elle doit parer l'éternelle demeure,
Pour moi, tu lui répéteras
Chaque jour et même à toute heure,
Que pour elle toujours, ici-bas, mon œil pleure. ..

Et toi que mon œil cherche en vain,
Ma pauvre et chère Adèle morte !...
Si du ciel tu vois mon chagrin,
Fais qu'à mes cruels maux Dieu veuille mettre un frein,
En m'ouvrant sans retard de ton cercueil la porte.....

Maintenant, je vous quitte... au revoir... adieu ! tous
Vous qui formez ici cette lugubre escorte...
Porte, adieu ! tu peux donc refermer tes verrous
Pour les rouvrir bientôt, dès qu'ici l'on me porte,
Pour dormir du sommeil de mon Adèle morte...

UN ORAGE EN ÉTÉ.

Déjà, dès le matin,
Comme un fatal levain
Que semble redouter l'humaine créature,
De ses brûlants mais bien pâles rayons
Un blanchâtre soleil attriste la nature,
Et des produits de ses riches sillons,
Le paysan voit ainsi se ternir la verdure.
L'homme est plein de langeur, le temps est calme et lourd ;
Et tout au loin résonne un bruit sinistre et sourd,...

G. DE LANGLE.

Lorsque parfois d'un roc je surmonte la crête
D'où librement mon œil peut sonder l'horizon,
Je vois surgir un noir et sinistre rayon
Qui dit tout bas qu'il mène avec lui la tempête...
        Et qui majestueusement,
        Se dresse en parcourant l'espace,
Et puis bientôt s'avance au bruit d'un grondement
Dont paraît s'effrayer la terrestre surface
Qui semble en s'attristant déjà demander grâce,
Ce que j'éprouve alors, je ne le sais, vraiment,
Car je suis, à la fois, craintif et plein d'audace:
A la fois satisfait, et triste également.....
Mais, quand beaucoup trop vive est pourtant son injure,
Et que je vois déjà dans les épais rameaux,
Bien précipitamment s'abattre les oiseaux,
Comme effrayés de voir l'aspect de la nature

Qui semble leur prédire ainsi, de cruels maux...
Les pâtres brusquement, ramener leurs troupeaux
Qui semblent s'étonner du sort qui les tracasse ;
Et que je suis alors chassé de cette place
   Par l'approche de l'ouragan
   Qui me lance à travers la face
   Mortes feuilles, poussière et vent,
Vite chez moi je vais, plus craintif qu'arrogant...
   Et puis, lorsqu'à travers ma vitre,
   Qui bien fort de temps en temps vibre,
Je vois ces feux croisés qui sillonnent les airs ,
   Qui mettent comme en feu la nue,
   Eblouissant ainsi ma vue,
Je me figure alors, déchainés, les enfers,
Au nom du créateur, lançant ainsi leurs flammes
   Pour venir effrayer nos ames
   Dans tous les coins de l'univers.

Et puis, lorsque j'entends les éclats de la foudre,
Faisant trembler le sol sous mes pas ébranlés
Comme si tous d'un trait, devions être immolés,
Même, tous à la fois, d'un trait réduits en poudre...
Et puis ce branle-bas ce semble universel,
Comme une charge à fond, faite du haut du ciel
Pour venir chatier les êtres et la terre,
A ce spectacle affreux l'œil voulant se soustraire,
Je courbe alors mon front... et là... je reste tel,
Tout effrayé d'entendre a travers l'atmosphère,
L'écho de mille efforts que le ciel semble faire
Pour écraser le monde au gré de l'Eternel.....

Et dire qu'à l'oreille a de l'attrait encore,
Ce bien étrange bruit ! cet infernal fracas !
Quoique d'un cœur ému ! certes, bien je déplore
Nombreux et terribles dégats
Que fait, trop le disent les toits,
La grèle qui perçant rapidement l'espace,
Vient mitrailler ainsi la terrestre surface...
Car, c'en est fait... dans un clin d'œil,
Tout, ici-bas, se trouve en deuil...
La nature a perdu sa riante verdure...
Les arbres sont meurtris ! et même presque nus...
Et les humains surpris ! consternés ! bien émus,
Tout ne rappelle ainsi, que deuil et sépulture.....
Et moi, sensible alors, aux pleurs de la nature,
Et puis, dans ce moment ne craignant déjà plus
Les terribles dangers des célestes obus,
D'un il morne ! affligé ! comme à ces maux sensible,
Par un calme profond, car, tout reste impassible,
Aussitôt je regarde en tout sens répandus ;
Tantot, ces durs grelons encore non fondus,
Comme autant de mitraille
Sur un champ de bataille...
Tantot, ces expirants et mutilés débris
Que mon timide pied tenu comme en haleine
Hélas n'ose effleurer qu'à peine,
Comme s'il redoutait leurs cris.....
Au-dessus d'eux aussi la pauvre branche mère,
Et ses débris flottants...
Même de temqs en temps
Je regade la pauvre terre

Montrant ses intestins comme on dirait sanglants ..
Car, ainsi que la grèle avec rage venue,
Sur ses fleurs, ses fruits verts et ses fruits succulents,
     Ses sillons creux et ruisselants,
Font qu'elle est éventrée ! encore même nue !...
     Et puis enfin, tout en frisson,
     Je me tourne vers l'horizon;
Où, tout en s'éloignant, gronde encore la nue........

PAROLES

D'UN

CÉLIBATAIRE INFORTUNÉ

Pour moi dans ce bas monde où tout se rembrunit,
Hélas ! comme une vague au monotone bruit
     Qui forme toujours son écume,
     Le sort fatal qui me poursuit,
     A chaque jour son amertume,
     A chaque jour son amer fruit.....
     Pauvre et célibataire,
Délaissé des parents, délaissé des amis,
Sous le toit décrépit d'un tout mesquin logis,
     Hélas ! sur cette terre
     C'est ainsi que je vis,
     Bien sombre et solitaire...

Déjà deux fois vingt ans,
Et ma carrière est toujours sombre...
Hélas ! que de printemps
De mon tout jeune temps
Passés dans les tourments sans nombre,
Sinistrement passés dans l'ombre...
Je suis plus pauvre qu'un grillon
Que la terre nourrit, que la nature habille.
Plus pauvre que le limaçon
Qui, sans faim, l'hiver dort au fond de sa coquille ;
Car, certes, moi je n'ai ni terre ni maison,
Et pour compagne, hélas ! j'attends une béquille...
Oh ! oui ! je le sais bien ! j'en vois déjà le seuil,
Le premier logis mien, ce sera mon cercueil...
Faute de terre ici pour bâtir ma chaumière
Quand se sera fermé mon œil,
Pour toujours close ma paupière,
Je trouverai ce sol gratis au cimetière...
Pour me nourrir aussi je suis plus malheureux
Que ces vils animaux de rien, jamais honteux :
Car librement partout ces petits êtres rongent
Sans qu'on s'occupe presque d'eux ;
Et moi je passe pour un gueux,
Si, pour payer mon pain, toujours, les sous n'abondent..
Malheureux je mourrai, tout, ici, me le dit...
Car, chaque jour le ciel, pour moi, se rembrunit,
Et puis, comme un reflet de son humeur sévère,
A mon regard timide, hélas ! nul ne sourit...
Et pour me consoler, je n'ai que la misère,
Qui sans cesse me guette, et pas à pas me suit...

Mes deux premiers vingt ans ont franchi leur frontière
     Sans pouvoir adoucir mon sort...
Et cet abîme affreux dont j'effleure le bord ,
Je le verrai toujours , dans ma sombre carrière ,
Jusqu'à l'heure suprème où ma froide paupière
     Ne couvrira plus qu'un œil mort...
     Alors, adieu ! pauvre jeunesse !...
     Pour bien couronner ta tristesse,
Je vais entrer bientôt , dans un grossier cercueil
Sans avoir jamais vu s'échapper de mon œil,
     Même une seule larme
     Eclose de ton charme...
     Car, hélas ! sur ma foi,
     Les larmes d'amertume
     Sont ici-bas, pour moi,
     Les seules de coutume...
     Adieu donc pour toujours
     Mes inconnus beaux jours.....
Oui, sans regrets, adieu ! jeunesse peu cherie !
Mon àme à tes douceurs ne s'est jamais nourrie !
Eh bien ! j'en suis fort aise ! à mon dernier soupir
Je n'aurai point non plus à trop m'en repentir...
     Va-t-en ! va-t-en ! frivole vie !
     Va... nullement je ne t'envie !
D'ici je m'en irai pour ne plus revenir,
Sans emporter de toi nul amer souvenir.....
Et puisque tu me fuis sans vouloir me sourire,
Avant de me quitter permets-moi de te dire
Que, certes, ce ne sont de frivoles regrets
De n'avoir eu de toi ce que trop l'on désire,

Qui font qu'en te parlant, parfois, mon cœur soupire !
Car, résigné, je vois froidement tes attraits.....

    Et même, hélas ! si, sur ma tombe,
    Doivent éclore des soucis,
    A mon exemple devraient-ils,

Abandonnés, sécher, avant que la fleur tombe,
En partant j'oublierai d'eux le sinistre sort,
Sans souci de savoir qui causera leur mort.....
Certes, j'oublierai tout... mes ennuis et mes larmes...

    Mon tout mesquin logis...
    Mes amis refroidis...

Mes ennemis encore, avec leurs sottes armes...
J'oublierai même, alors, des ombrages les charmes !
Enfin, d'ici-bas, tout... du moins c'est mon avis.....
Mais... je te parle, et toi, sans cesse tu me fuis !...

    Ah ! fourbe et cruelle jeunesse !...
    Je te parle de ma tristesse

Et tu n'écoutes rien de ce que je te dis !...
Eh bien ! je te connais... va-t-en ! je te maudis....

MES SOUVENIRS

A

M. LÉVÊQUE

(ETIENNE-ABEL)

ANCIEN DIRECTEUR DE L'ECOLE PRIMAIRE SUPÉRIEURE

MON REGRETTÉ VOISIN, MORT DE MORT SUBITE EN 1870.

O doux et noble Abel, dont je pleure l'absence !
Puisqu'il est dit que Dieu, dans sa douce clémence,
Doit bénir tout cœur juste et bon,
La palme qui couvre ton front
Dans le ciel trouvera sa juste récompense.

G . DE LANGLE.

Il était déjà nuit; j'étais seul et bien sombre
Lorsque, presque assoupi, comme on dirait dans l'ombre,
A ma porte j'entends frapper un léger coup.
Tout aussitôt je cours en ouvrir le verrou.
Dès que la porte s'ouvre, un homme à face terne,
A mes yeux apparaît fouillant une giberne...
Il est bien costumé, presque habit d'officier.
C'est le grave facteur qui remet un papier.
Il est à peu près grand comme papier ministre ;
Il est cerclé de noir, l'aspect en est sinistre !
Déjà mon cœur palpite et d'avance frémit
Au seul pressentiment de ce que l'on m'écrit.

Et comme si ma main ressentait la souffrance
Qui rend déjà mon cœur plein de condoléance,
Elle devient tremblante en brisant ce cachet
Qui retient tout captif ce sinistre secret,
Qu'elle met néanmoins en pleine délivrance.
Avec empressement je dévore de l'œil
Ce que dit ce papier, pâle, sous ce grand deuil,
Car de l'apprendre hélas ! j'éprouve impatience...
Mais l'esprit incrédule, au bruit de ce cercueil,
Repousse avec dédain ce que mes yeux lui disent,
Pensant qu'ils sont troublés et voient mal ce qu'ils lisent ;
Car celui qu'on me dit être dans un linceul,
Gai je le vis hier ; puis se promenant seul ;
Et... mort... déjà hier ?... A jamais invisible ?...
Mon esprit le conteste et dit : c'est impossible !
Alors comme si l'œil voulût reconquérir
Là foi que mon esprit ne veut lui consentir,
Sans arriver au bout revient sur la lecture
De ce sinistre écrit à la noire bordure...
Mais, hélas ! cette fois l'esprit reste confus !...
Et, de voir que déjà ce bon voisin n'est plus,
S'unissant à mon cœur saignant de sa blessure,
Mon cœur et mon esprit, également émus,
Accusent le destin de trahir la nature
En foudroyant celui qui fut, par ses vertus,
Comme une riche fleur du jardin des élus !
Arrosée à plaisir par des sources divines,
Vierge de tout poison comme exempte d'épines ;
Par la terre empruntée au céleste séjour
Comme pour embaumer l'humaine créature....

Mais... fleur que le destin, jaloux de sa parure,
Voulant, de son éclat, rendre l'effet plus court,
De son mortel venin la couvrit sans mesure,
Pour, d'un trait, la flétrir longtemps avant son tour...
Pourquoi, lui disent-ils, cette cruelle injure ?
Que t'avait fait ce cœur pur de fiel, de souillure,
Pour t'acharner sur lui comme affamé vautour ?...
Ainsi que cette langue aussi sobre qu'honnête,
Et que pourtant l'on voit par ton ordre muette ?...
Qu'avaient fait ces doux yeux pour leur fermer le jour ?..
Que t'avait-elle fait, cette douce figure,
Pour lui faire subir ta noire flétrissure
Et lui ravir ainsi ce sourire d'amour,
Et ce regard si doux d'un œil clos sans retour ?...
Voilà ce que mon cœur et mon esprit lui disent
A ce fatal destin dont les rigueurs nous brisent...
Et de voir qu'à leur plainte il veuille rester sourd,
Impuissants contre lui, dès lors, ils le maudissent !...

> Mais n'importe... hélas ! il n'est plus,
> Ce bon voisin plein de vertus
> Et qu'amèrement je regrette...
> Car sa bonté parfaite
> Et son air souriant,

Voulant être pour vous toujours bien avenant,
Font que mon cœur gémit dans sa douleur secrète...

> Et, comme mon cœur gémissant,
> Mon œil devient tout languissant,

Car de le voir, pour lui, c'était presque une fête...

> Aussi, dans son désespoir,
> Cherche-t-il à le revoir !

Mais, hélas ! c'est en vain, et bien en vain qu'il guette...
Car, seul, encor l'esprit, dans son souci navrant,
Pourra voir son image à travers le néant...
Ma langue aussi, parfois, plaintivement l'appelle
Sur cette noire tombe où mon œil, hésitant,
Le vit anéantir.... et puis, au même instant,
De terre le couvrir. . et même à pleine pelle...
A mon esprit cela reste toujours présent...
Que cette terre soit pour lui, douce et légère,
Je le demande à Dieu qui m'entend, je l'espère...
Maintenant quand je passe, ému, près du terrain
Où je l'apercevais, parfois, soir et matin,
Et que là je ne vois qu'un sol inculte, aride,
Où ne se montre plus ce doux et bon voisin,
Les larmes à mes pieds, d'une marche rapide,
Vont arroser le sol, presque le rendre humide...

> Adieu ! donc, Etienne-Abel,
> Qu'à jamais soit ta place au Ciel....

Place que tes vertus, rendent incontestable,
Car, **Dieu** doit voir en toi, tout le bien désirable,

> Honnêteté , foi , piété , douceur.
> Et même encore une rare candeur.

J'aurais voulu bien mieux apprendre à te connaître,
Pour méditer en toi ce que l'homme doit être ;
Mais, cette solitude où je me vois captif,
Rendant mon esprit sombre et même hélas, rétif,
M'a privé de ce bien, j'en suis sûr salutaire,
Qui dans tous mes défauts aurait pu me refaire :
Mais, privé de t'entendre, ainsi que de te voir,
Il me reste toujours, ta mémoire en miroir...

Mais, hélas ! que ne puis-je encore
Au gré d'un salutaire espoir,
Te revoir chaque jour, comme je vois l'aurore,
Rendant chaque matin, à nos yeux, tout moins noir !
Mais, hélas ! non ! adieu ! celui que tout adore,
Te veut toujours au ciel, où tu devais t'asseoir,
Reçois donc mes adieux, ne pouvant te revoir.....

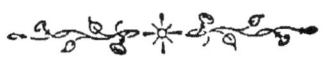

ERRATA

—

Page 24, ligne 13, au lieu de : Dis qu'on ne couvre ni les monts ni les plaines, lisez : Dis qu'on ne couvre plus, ni les monts ni la plaine.

Page 28, ligne 1, au lieu : de semble au comble, lisez : semble être au comble.

www.ingramcontent.com/pod-product-compliance
Lightning Source LLC
Chambersburg PA
CBHW061649180626
46818CB00003B/1017